TIME FOR KIDS

Comer bien

Dona Herweck Rice

Asesor

Timothy Rasinski, Ph.D.
Kent State University

Créditos

Dona Herweck Rice, *Gerente de redacción*
Robin Erickson, *Directora de diseño y producción*
Lee Aucoin, *Directora creativa*
Conni Medina, M.A.Ed., *Directora editorial*
Ericka Paz, *Editora asistente*
Stephanie Reid, *Editora de fotos*
Rachelle Cracchiolo, M.S.Ed., *Editora comercial*

Créditos de las imágenes
Cubierta Willie B. Thomas/iStockphoto; p.3 PacoRomero/iStockphoto; p.4 Zurijeta/Shutterstock, rekaphoto/Shutterstock; p.5 PacoRomero/iStockphoto; p.6 IDAL/Shutterstock, Nordling/Shutterstock; p.7 Hannamariah/Shutterstock, Katariina Järvinen/Shutterstock; p.8 Monkey Business Images/iStockphoto; p.9 Monkey Business Images/Shutterstock; p.10 MichaelDeLeon/iStockphoto; p.11 Morgan Lane Photography /Shutterstock; p.12 ChooseMyPlate.gov; p.13 Shutterstock; p.14 Catalin Petolea/Shutterstock, Ivonne Wierink/Shutterstock; p.15 Paula Solloway/Alamy, Subbotina Anna/Shutterstock; p.16 ktaylorg/iStockphoto; p.17 GraÃ§a Victoria/Shutterstock; p.18 ofoto/Shutterstock; back cover Madlen/Shutterstock

Basado en los escritos de *TIME For Kids.*

Teacher Created Materials
5301 Oceanus Drive
Huntington Beach, CA 92649-1030
http://www.tcmpub.com

ISBN 978-1-4333-4430-5

Printed in China WAI002

Comer bien significa
comer comida saludable.

Está bien darte gusto algunas veces, pero no mucho.

Las frutas y verduras son mejores para ti que las galletas y los dulces.

Come frutas y verduras todos los días. El pan, las nueces y la leche también son buenos.

Tu cuerpo necesita comida saludable para estar fuerte.

Pon buena comida en tu plato para tener una comida saludable. Te alegrarás de haberlo hecho.

Recuerda comer solo lo que necesitas. Te va a doler el estómago si comes demasiado.

Come bien en la escuela. Tu familia no está allí para decirte lo que es bueno. Piensa por ti mismo.

"Estamos orgullosos de ti", dirá tu familia. Tú también estarás orgulloso.

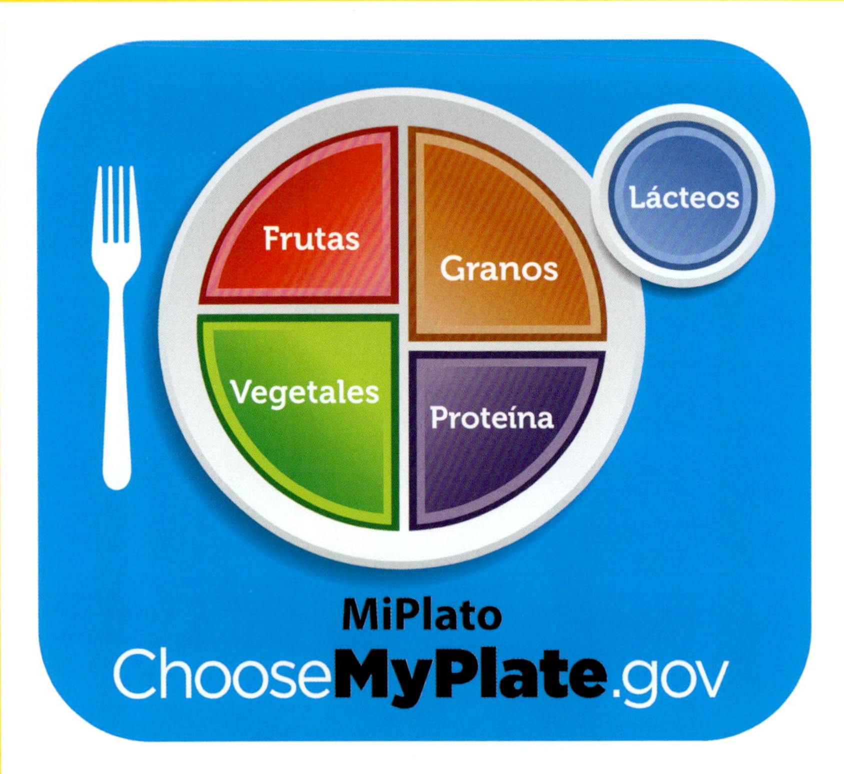

¿Cómo sabes cuál comida es buena para ti? El plato de alimento te ayudará.

Cada grupo es de color diferente. Escoge más comidas de los grupos más grandes. Esto te ayudará a mantenerte sano.

Si no estás seguro de qué comer, piensa en cómo se prepara la comida.

¿Se cultiva? Entonces probablemente es una comida saludable para comer.

Los buenos modales también forman parte de comer bien. Aquí hay algunos buenos modales para recordar.

1. Lávate las manos antes de comer.
2. Usa una servilleta.
3. Mastica con la boca cerrada.

La gente dice: "Eres lo que comes".

¡Así que es importante que comas bien!

Palabras para aprender

bien
comer
comida
cultiva
dulces
escuela
estómago
frutas
gusto
modales
orgullosos
plato de alimento
recordar
saludable
servilleta
ti mismo
verduras